MIRA CÓMO CORRO

Los libros ¡Me gusta leer!™ han sido creados tanto por reconocidos ilustradores de libros para niños, como por nuevos talentos, con el propósito de infundir la confianza y el disfrute de la lectura en los pequeños lectores.

Queremos que cada nuevo lector diga: "¡Me gusta leer!"

Puede encontrar una lista de más libros de la colección Me gusta leer, en nuestra página de internet:
HolidayHouse.com/MeGustaLeer

Mira cómo corro

Paul Meisel

¡Me gusta leer!™

HOLIDAY HOUSE • NEW YORK

A los perros y a los que los quieren.
Y a Coco, a quien le encanta correr.

¡Me gusta leer! is a trademark of Holiday House Publishing, Inc.

Copyright © 2011 by Paul Meisel
Spanish translation Copyright © 2020 by Holiday House Publishing, Inc.
Spanish translation by Eida del Risco
All Rights Reserved
HOLIDAY HOUSE is registered in the U.S. Patent and Trademark Office.
Printed and bound in March 2020 at Tien Wah Press, Johor Bahru, Johor, Malaysia.
The artwork was created with pen and ink, acrylic ink, and colored pencil.
www.holidayhouse.com
First Spanish Language Edition
Originally published in English as *See Me Run*, part of the I Like to Read® series.
I Like to Read® is a registered trademark of Holiday House Publishing, Inc.
1 3 5 7 9 10 8 6 4 2

Library of Congress Cataloging-in-Publication Data is available.

La edición en inglés de este título publicada por Holiday House Publishing en 2011 ganó
la Mención Geisel 2012. El sello del premio se usa con permiso de la American Library
Association.

ISBN 978-0-8234-4684-1

Mira cómo corro.
Corro y corro.

Mira cómo vienen.
Vienen y vienen.

¿Me van a alcanzar?
¡No, no, no!
Yo corro rápido.

Ahora paro.
¿Qué es esto?

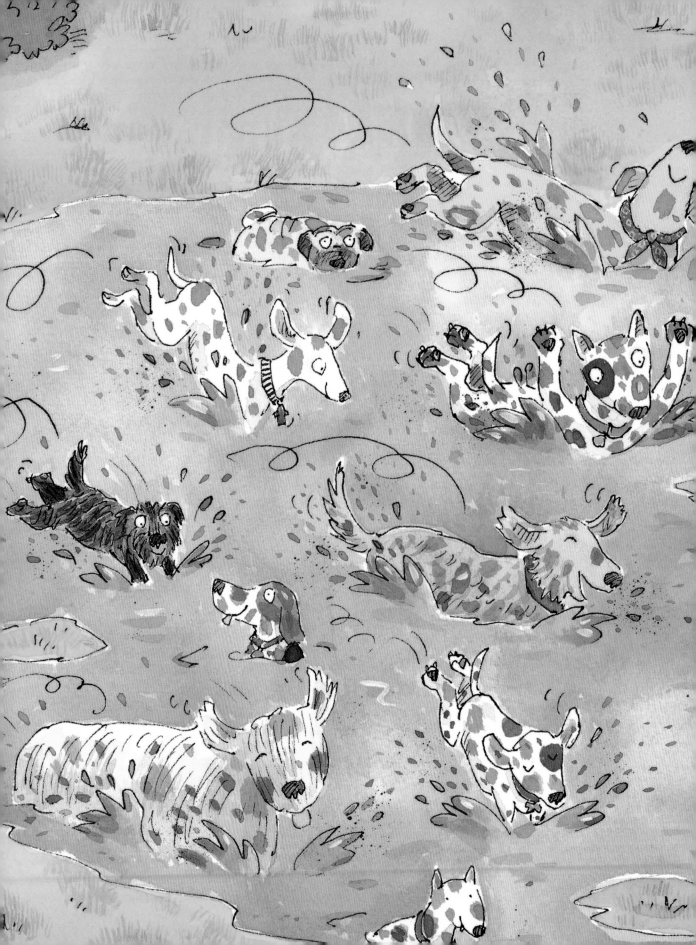

Es lodo.

Plof, plof.

Nos gusta el lodo.

Y ahora, un baño.
Plaf, plaf.
Nos gusta el baño.

Mira cómo cavo.

Todos cavamos.

Cavamos y cavamos.

¿Qué es esto?

Es grande.

Está enojado.

¡A correr otra vez!

¡Me gusta leer!

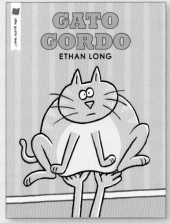

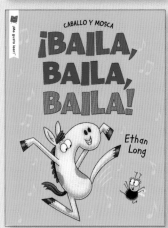

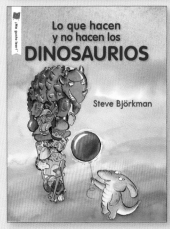

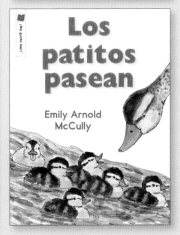